JACQUES LAFFITTE.

IMPRIMERIE LANGE LÉVY ET COMPAGNIE,
Rue du Croissant, 16.

JACQUES LAFFITTE.

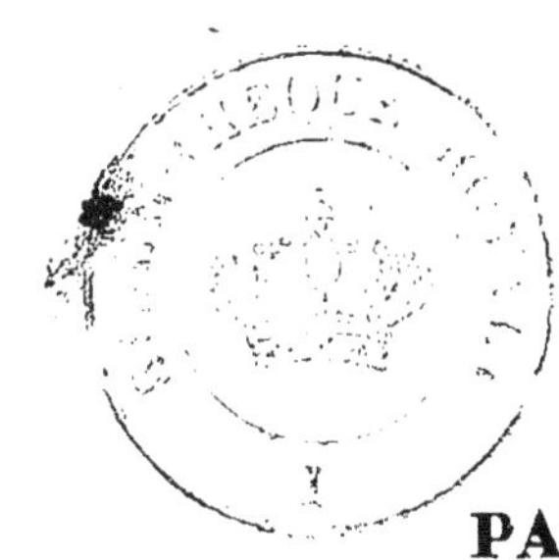

POÈME

PAR P. M. ANDRÉ.

Prix : 50 centimes.

—

PARIS

CHEZ B. DUSILLION, ÉDITEUR,

Rue du Coq-Saint-Honoré, 13.

1845.

A

P.-J. DE BÉRANGER,

SON AMI,

JACQUES LAFFITTE.

POÈME

PAR P. M. ANDRÉ.

Prix : 50 centimes.

—

PARIS

CHEZ B. DUSILLION, ÉDITEUR,

Rue du Coq-Saint-Honoré, 13.

1845.

A Monsieur

DE BÉRANGER.

Monsieur,

Daignez excuser la liberté que j'ose prendre, en vous priant d'accepter la dédicace de ce petit opuscule, et ma hardiesse à le placer sous l'égide et le patronage du poète national de la France.

Mais à qui pouvais-je m'adresser mieux qu'à vous, Monsieur, qui avez été constamment l'ami sincère et généreux, le compagnon fidèle et désintéressé du grand citoyen dont j'ai tâché d'esquisser lés simples vertus et les nobles actions ? Vous fûtes toujours unis par une amitié solide et durable, le même ordre d'idées et d'opinions régnait dans vos cœurs; tous les deux vous avez consacré et passé votre vie à défendre les principes de liberté qu'ont cimentés deux glorieuses révolutions ; tous lés deux vous avez combattu pour le peuple le despotisme d'une classe élevée : lui, en prodiguant l'or qu'il avait acquis par un long et pénible travail ; vous, par vos immortelles chansons, ces chants où vous avez montré tant de verve et de talent, de sagacité et de tact, où vous avez prodigué tous les trésors d'une riche imagination et d'un cœur ardent, toute la poésie d'une âme sensible ; car pas un d'entre eux qui ne respire la liberté, pas un où l'amour du pays ne se fasse entrevoir, où le désir d'être utile ne se fasse sentir, pas un qui ne soit consacré à quelque noble et généreuse idée ; aussi votre nom est-il honoré de tous les Français, et il est pour jamais gravé dans leur mémoire et dans leur cœur, à côté de ces chants nationaux et patriotiques qui sont maintenant dans toutes les bouches et qu'on entend fredonner jusque dans la dernière chaumière, sous le chaume comme sous les lambris dorés. Vos écrits pourraient, par une fatalité quelconque, disparaître de la surface du globe, que votre nom n'en irait pas moins à la postérité, car il passera, précédé de vos œuvres, de génération en génération, et on le conservera comme une glorieuse tradition.

J'ose espérer, Monsieur, que vous accueillerez avec indulgence ce premier et faible essai d'un jeune homme qui professe la plus profonde estime et la plus grande admiration pour les vertus qui ont honoré et qui honorent toujours votre illustre carrière, et pour lequel votre exemple sera un grand et précieux modèle à suivre dans la voie où il veut s'engager, et où il espère marcher sur vos traces, mais pourtant sans avoir la prétention d'atteindre jamais au cercle lumineux où vous trônez en maître, ni à la couronne immortelle et céleste qui orne votre noble front, et desquels aucun rival n'a encore pu approcher et sans doute n'approchera jamais.

Le but vers lequel tendront tous mes efforts est celui que vous-même vous aviez adopté : défendre les principes de liberté que vous avez soutenus avec tant de constance et d'énergie, en bafouant avec une ironie moqueuse les hommes et les choses du jour. La route est difficile à suivre, semée de difficultés de tous les genres ; mais la récompense n'en est que plus belle.... Vous l'avez parcourue dignement ; aidé des sages conseils et des salutaires avis que vous êtes en position de me donner et que je réclame comme une faveur insigne, je pourrais peut-être à mon tour la suivre pas à pas sans trop m'en éloigner.

Serai-je assez heureux, Monsieur, pour ne pas me voir traiter avec indifférence, et puis-je penser que vous prendrez quelque intérêt à cet hommage rendu à un honnête homme, à un probe citoyen? Je ne l'espère guère, mais l'on vous dit si bon, si généreux, que vous daignerez encourager les premiers efforts, quelque faibles qu'ils soient, d'un jeune homme enthousiaste de tout ce qui est grand et beau, noble et généreux.

Si la lecture de ce poème a pu parvenir à vous toucher, à vous procurer un instant de plaisir et de délassement, je serai récompensé au-delà de ce que j'ose espérer. Je mérite bien peu qu'on daigne s'occuper de moi, mais un mot de réponse de votre main à ce sujet me comblerait de joie; je le garderais soigneusement comme un précieux talisman auquel j'aurais recours dans les temps orageux.

Pardonnez la longueur de ma lettre, et veuillez recevoir, Monsieur, l'assurance du profond dévouement et du respect

D'un de vos admirateurs les plus
fervens et les plus sincères.

ANDRÉ.

Paris, le 15 juin 1844.

JACQUES LAFFITTE

POÈME

PAR P. M. ANDRÉ.

—◆—

Prends des habits de deuil, ô France, ma patrie !
Couvre d'un voile noir ta figure flétrie,
Hélas ! fais succéder le silence à ton chant,
Si joyeux autrefois, si triste maintenant ;
Mets un crêpe à ton bras et pleure, pauvre France,
La mort vient te ravir une belle espérance !
Elle t'enlève hélas ! en ces temps de malheur,
Un valeureux soutien, un noble défenseur.

Abreuvé de dégoûts renouvelés sans cesse,
Et maudissant un jour de fatale allégresse,
Un homme de talent et de tous honoré,
De chagrin et d'ennui vient ici d'expirer.

Pleurez, pleurez, vous tous, vous qui, dans la misère,
Avez reçu les dons de sa main tutélaire.
Pleure, pauvre peuple, maudis les coups du sort,
Tu as perdu ton père, Jacques Laffitte est mort !

Une ville placée au midi de la France (1)
Jadis a vu naître, bien loin de l'opulence,
Ce noble prolétaire, généreux citoyen,
Qui consacra sa vie à répandre le bien,
Qui fit beaucoup d'ingrats, ne voulut jamais l'être !
Honneur donc au pays fier de l'avoir vu naître !

Pour partir de si bas et arriver si haut,
Il fallait un homme d'un talent tout nouveau,
D'un bien grand génie, oui ; car, dans la circonstance,
Un homme n'était rien, rien que par sa naissance,
Et le sort de chacun, même avant d'être né,
Irrévocablement semblait déterminé.
Aux nobles le bonheur, la joie et la richesse ;
Au peuple le travail, la faim et la détresse ;
Aux nobles orgueilleux, les faveurs, les emplois,
L'insolence ; la haine au peuple, dont la voix
A fini par couvrir cette brutale audace
Qu'on voyait chaque jour empreinte sur leur face.
Aux grands oisifs et vains un parler dédaigneux,
Et au peuple toujours un ton respectueux ;
On parvenait à tout par une baronnie,
On donnait tout au titre et rien, rien au génie....
Mais nos pères ont chassé tous ces criants abus !
Honneur à eux, amis, imitons leurs vertus !

Jacques vint à Paris au sortir de l'enfance,
En des temps orageux, mais plein de confiance,

Car dans son jeune cœur, si noblement formé,
Un digne sentiment avait déjà germé.
N'ayant que son travail pour unique fortune,
Il évite du monde la cohorte importune,
A l'envi travaillant, ignorant le plaisir,
Donnant à l'étude ses heures de loisir.
Tels ont été les jeux de son adolescence,
Aussi de son travail il eut la récompense.
Doué par la nature de rares qualités,
D'un cœur droit et juste rempli d'aménité,
D'un caractère doux, liant et agréable,
D'un esprit un peu vif et cependant aimable.
Et joignant à cela certain visage heureux,
Certaine tournure, faite pour plaire aux yeux,
Un langage simple, mais sans billevesée,
Et sans affectation, une tenue aisée,
Il devait réussir, et il a réussi,
D'avance le destin l'avait fixé ainsi !

Il travailla toujours avec persévérance,
Son patron mit en lui toute sa confiance :
Il n'en abusa pas. Le banquier sénateur,
Couronnant ses efforts, le fit son successeur.
La fortune, en ce jour, le rendit millionnaire,
Mais son cœur, malgré ça, fut toujours prolétaire.
Il ne changea jamais ; dans la prospérité,
Au faîte des honneurs ou dans l'adversité,
Il resta le même, ne fut jamais deux hommes ;
Exemple bien rare dans les temps où nous sommes !

C'est alors qu'il offrit à tous la protection
Qu'il pouvait leur donner, grâce à sa position ;

Jamais un seul refus, il essuyait les larmes
De tous les malheureux; son cœur trouvait des charmes
A secourir le faible ainsi que l'opprimé.
Mais aussi chacun sait combien il fut aimé !
Il fut toujours utile à sa chère patrie,
Ce qui n'empêcha pas l'hideuse calomnie
De déverser sur lui, si généreux, si bon,
La coupe envenimée de son affreux poison.
Mais il fut noble et grand ; à toutes ces bassesses
Il ne répondit pas, sinon par des largesses.
Il avait confiance en son intégrité,
En sa simple vertu. Sa loyale probité
Le mettait au-dessus de ce fatras d'outrage
Que des hommes sans foi lui jetaient an visage ;
De ces hommes grossiers, sans âme et sans honneur,
Et qui font d'un état la honte et le malheur.
Infâmie à tous ! oui, malheur à ces infâmes
Pour qui rien n'est sacré ; sur les plus belles âmes,
Sur les plus nobles cœurs, qui lancent sans rougir
Leurs traits empoisonnés, voulant les avilir.
Honte et malheur à eux, qui, pleins de couardise,
Souillent toute gloire bien justement acquise.....
De la postérité, le juste tribunal,
Distinguera plus tard le bien d'avec le mal ;
Et comme il réserve aux hommes de mérite
La première place, il y mettra Laffitte.

Laffitte eut un moment grand besoin de secours ;
La fortune parfois a de fâcheux retours,
Laffitte l'éprouva, car il vit l'infidèle,
Après l'avoir servi lui devenir rebelle ;
Il fut donc s'adresser aux grands qu'il avait faits,
Qu'il avait secourus de généreux bienfaits,

Et qui lui devaient tout, leur gloire, leur puissance;
Mais ils n'eurent pour lui que de l'indifférence.
Ils furent tous ingrats, tous avaient oublié
Que Laffitte pour eux s'était sacrifié,
Qu'il avait, en des jours d'éternelle mémoire,
Risqué ses biens, ses jours, pour leur donner victoire.
Abandonné de tous, il vit, pour son malheur,
Qu'il avait fait, hélas! une bien grave erreur!
Il s'en est repenti, plus tard, avec franchise,
En se reprochant bien la part qu'il avait prise
Dans les événements de la révolution,
Dont il fut le moteur, bien plus que la nation;
Si belle à son début, si pleine d'énergie,
Par nos hommes d'état maintenant avilie.

Tous ces grands principes et tous ces droits sacrés,
Qu'un noble peuple avait en juillet consacrés
Au prix de tout son sang, eurent toujours Laffitte
Pour appui, pour soutien; cet homme de mérite
Devant ses ennemis ne recula jamais,
Non, car il combattait pour le peuple français.
Il était soutenu par une noble envie,
Le bonheur d'être utile à sa mère patrie,
Au peuple qu'il aimait, qui le lui rendait bien,
Car on le connaissait pour brave citoyen.
Il ne fut pas ingrat comme certains personnages,
De sa reconnaissance il donna des gages,
En venant lui offrir, dans cette position,
Le produit généreux d'une ample souscription.
Ce moment fut bien doux pour son âme loyale,
Car cette souscription était nationale;
Tous, selon leur état, voulurent secourir
Par ce subit élan un généreux martyr!

Lafitte put alors rétablir sa fortune,
Et venir, à son tour, en aide à l'infortune.
Le pays, en aidant ce probe citoyen,
Avait fait son devoir, il fit aussi le sien ;
Oui, car il consacra le reste de sa vie
A défendre ses droits avec grande énergie.

Cet homme dont la vie encombrée d'incidens,
Fut si honorable, malgré les accidens,
Si naïve, si simple et pourtant si utile,
Orageuse parfois, le plus souvent tranquille,
A son noble pays, prodiguant chaque jour
(Car il a toujours eu son plus ardent amour)
Son repos, son bonheur, est un exemple rare.
Car de pareils hommes le ciel se montre avare.
En tout temps, en tous lieux, comme sa loyauté,
Il a fait admirer sa noble intégrité ;
Sa probité ne peut pas être méconnue,
Quand par ses ennemis elle fut reconnue.
L'empereur lui confie, en partant pour l'exil,
Sa modique fortune : « Ah ! monsieur, lui dit-il ,
» Quoique vous m'aimiez peu, je vous connais honnête. »
Et refusant alors l'écrit qu'on lui apprête :
« Gardez, gardez ceci ; de votre bonne foi
» Je ne veux aucun gage, oh ! je suis sans effroi
» Pour le petit dépôt qu'aujourd'hui je vous laisse ;
» Je ne veux rien de plus, car j'ai votre promesse. »
Sublimes paroles, et qui dépeignaient bien
Le monarque déchu, le probe citoyen.
L'empereur, cependant, à force d'insistance,
Finit par accepter une reconnaissance.

Lorsque, par le malheur, tous étaient confondus,
Sans nulle distinction tous étaient secourus ;
Pour lui plus de partis, il voyait la détresse
Et il la combattait partout par sa largesse.
Sa bourse est ouverte pour un roi malheureux (2),
Lequel, forcé de fuir, de quitter certains lieux,
Restera sans argent, en perdant sa couronne,
Pour lui tendre la main s'il ne trouve personne.
Pour un prince du sang, qui dût à ce secours (3),
De s'épargner alors quelques malheureux jours....
Quand tu faisais cela, dis, pensais-tu, Laffitte,
Que, plus tard, d'être ingrat on se ferait mérite !

Mais ce fut en des temps d'opprobre et de malheur
Qu'on connut mieux Laffitte, ainsi que son grand cœur.
Quand de fiers ennemis envahissaient la France,
Et qu'il ne lui restait pas même une espérance,
Il fut toujours prêt, le généreux banquier,
Pour servir son pays, à se sacrifier !
Son or à pleines mains était versé sans cesse,
Et de fréquents emprunts se faisaient à sa caisse ;
Oh ! rien ne l'arrêtait, il aurait tout bravé,
Du pillage par lui tout Paris fut sauvé,
Pillage demandé par ces lâches cohortes,
Qui, de tous les côtés, se pressaient à nos portes ;
Qui furent apaisées par une poignée d'or
Que généreusement il leur offrit encor.

L'armée est dissoute par un licenciment,
Les soldats à grands cris demandent de l'argent,
Ils veulent leur solde ; l'argent file rapide,
Aussi, comment faire? car le Trésor est vide,

La France est épuisée par ses nombreux revers,
Après avoir conquis presque tout l'Univers.....
Mais Laffitte est là, toujours infatigable (4),
Il videra sa caisse pour être secourable
Et pour satisfaire ces débris glorieux,
De plus de cent combats sortis victorieux.
Action qui est toujours gravée en la mémoire
De tous ces vieux soldats, enfants de la victoire.
Par quelques étrangers ce noble dévouement
Fut mal interprété, pour eux c'était trop grand !
Alors ils voulurent, pleins d'une ardeur altière,
Ravir à Laffitte la fin de sa carrière ;
Ils voulaient enfermer cet homme généreux,
Mais il fut protégé par le plus grand d'entre eux,
Un monarque puissant : l'empereur de Russie,
Qui le décora même ; il connaissait sa vie.

Mais déjà sur la France un nouveau jour a lui ;
Devant le silence tout ce tumulte a fui.
Le repos maintenant, la paix après la guerre,
Dans son large fourreau rentre le cimeterre.
Dans ce vaste pays, si longtemps agité,
Il règne maintenant toute tranquillité.
Laffitte reprit donc sa vie si tranquille,
Mais ne manqua jamais l'occasion d'être utile.
Par le peuple nommé comme représentant,
Il fut prendre place dans notre parlement ;
Il soutint, placé là, de son talent austère,
Toutes nos libertés, les droits du prolétaire.
Même il fit réformer un grand nombre d'abus
Qui existaient alors et qui n'existent plus.
Il flétrit bien souvent de sa mâle parole
Ces intrigues de cour, objet parfois frivole

Dont un homme d'état sait se servir souvent,
Quand il est déloyal ou pas trop éloquent,
Pour abuser, hélas ! avec plus d'impudence,
D'audace et de sang-froid, et la chambre et la France.
Pour le peuple il fut un chaleureux soutien
Et défendit toujours la liberté, son bien.
On lui donna la croix, ce n'était que justice,
Car il avait rendu un important service,
Tant au roi qu'au pays, en prodiguant son or,
Ses avis, ses conseils, qui valaient mieux encor.

La couronne en ce jour agit avec noblesse ;
Laffitte pour cela ne fit point de bassesse,
Car il vint proposer au sein du parlement,
Quelque temps après, la mise en jugement
Des ministres impurs, que son âme loyale
Disait avoir dissous la garde nationale (5).
Elle fut repoussée, cette noble motion,
Par des hommes impurs et trompant la nation.
Lui resta presque seul dans un parti extrême
Qui combattit toujours le maladroit système
Qui gouvernait alors, tout comme il l'entendait,
Dans son aveuglement qui croyait tout bien fait
Quand le trône pourtant marchait à sa débine,
Et que de grandes fautes lui préparaient sa ruine.
Aussi quand certain jour, jour pour lui bien fatal,
Quelques ordonnances (6), que l'on reçut fort mal,
Eurent paru, le peuple, enflammé de courage,
Se leva tout entier et dit : Plus d'esclavage !
Et voulant rester libre, il combattit trois jours,
Puis il vainquit enfin, comme on le voit toujours ;
Qu'il était grand alors ! Mais en cette occurrence,
Il ne sait que faire de sa grande puissance.

Mais Laffitte est là, lui, qui, dans cette occasion,
Avait encor poussé cette révolution,
Qui en était le chef, la tête et la pensée ;
Qui de tout son pouvoir partout l'avait pressée,
Qui avait tout risqué, sa vie et son argent,
Pour faire triompher le peuple dignement,
Qui avait partagé ses dangers et ses peines ;
De ce gouvernement prit un moment les rênes,
Et chacun applaudit à sa témérité.....
On savait qu'avec lui marchait la liberté.
Mais trompé, mais séduit, et pourtant sans malice,
Du pouvoir, pour un autre, il fit le sacrifice.
Il commit en ce jour une bien grave erreur,
Il ignorait encor qu'il n'y eût plus d'honneur.
C'est la seule faute de sa longue carrière,
Alors il se trompa d'une étrange manière ;
Il avait fait un roi, lui fils d'un ouvrier,
Il croyait bien agir, il n'était pas sorcier !
Oui, dans cette occasion, il manqua d'énergie,
Il tenait le destin de sa chère patrie ;
La liberté chez lui, si bon, si généreux,
S'était réfugiée par un instinct heureux ;
Il tenait en ses mains le destin de la France,
Le peuple lui donnait toute sa confiance ;
Il était maître, enfin..... Disons avec douleur
Qu'il n'en sut profiter que pour notre malheur.....
Jacques fut ministre, c'était sa récompense,
Il crut encore un jour au bonheur de la France ;
Mais désabusé, donnant sa démission,
Il protesta bientôt au nom de la nation,
Flétrissant chaque jour de son vote énergique
Tout ce qui effaçait la liberté publique ;

Au système impuissant qu'il avait amené,
Il déclara bientôt un combat acharné,
Et qu'il a soutenu bien glorieusement,
Jusqu'à son dernier jour, au sein du parlement ;
Il repoussait encore, au bout de sa carrière,
Une loi déplorable, et c'était la dernière (7).

Ce noble citoyen, hélas ! vient de mourir.
France, d'un grand homme tu viens de t'appauvrir !
A Paris, et partout où l'on connut Laffitte,
Cette nouvelle cause une stupeur subite ;
On ne voudrait pas croire à ce subit malheur.
La France consternée pleure son défenseur,
Le peuple son soutien ; tous versent des larmes,
Chacun paraît rempli de mortelles alarmes.
Ces larmes sont peut-être, oui, grâce à ses secours,
Les seules qu'il n'ait pas arrêtées dans leur cours.
Aussi jamais regret ne fut plus unanime ;
Hélas ! cette douleur n'est que trop légitime.
En se portant en foule à son enterrement,
Le peuple lui montre tout son attachement,
Et qu'il sait distinguer de la cohue obscure
De certains grands hommes, la vertu toujours pure.
Ce jour pour la France est un deuil général,
Car on suit la cendre d'un homme national.
Près de sa tombe ouverte, un ami politique (8)
Fait de sa noble vie un long panégyrique ;
Il retrace une à une, en termes chaleureux,
Les plus belles actions de l'homme généreux,
Tant public que privé. Touchante et sainte image
D'une vive amitié triste et dernier hommage.
Beaucoup d'autres discours (9), tous non moins éloquents,
Sont aussi prononcés à ses derniers moments,

Par les interprètes du peuple, de la France ;
On leur doit pour cela de la reconnaissance,
Car ils ont exprimé les divers sentiments
Qui agitaient la foule en ces tristes instants.

Amis et ennemis, tous respectons sa gloire,
Comme il fut toujours juste, honorons sa mémoire.

FIN.

NOTES.

(1) Jacques Laffitte est né le 14 octobre 1767 ; son père exerçait le plébéien état de charpentier. Dès son jeune âge il s'adonna au commerce ; à 20 ans il vint à Paris, il entra commis dans la maison de banque de M. Perrégaux, puis devint successivement teneur de livres, caissier, commis de confiance, jusqu'au moment où son patron, qui venait d'être fait sénateur, lui céda sa maison.

(2) Jacques Laffitte avança plusieurs millions à la famille royale, lorsqu'elle fut obligée de quitter la France, en 1814.

(3) A la même époque et pour le même sujet, il prit au duc d'Orléans, qui se trouvait dans une position gênée, pour 1,600,000 francs de valeurs dont personne ne voulait, même à 20 0[0 de perte ; Laffitte les lui prit au pair.

(4) Laffitte était alors gouverneur de la Banque. Pour ne pas compromettre le crédit de cette institution, il puisa dans sa propre caisse pour solder les troupes licenciées.

(5) C'est sous le ministère si impopulaire de M. de Villèle que Laffitte fit cette proposition, qui souleva un affreux tumulte sur les bancs de la droite.

(6) Les funestes ordonnances de juillet. On connaît la belle conduite de Jacques Laffitte en cette occasion.

(7) La loi sur les prisons.

(8) M. Arago, député comme lui et partageant les mêmes opinions.

(9) Entre autres celui de M. Garnier-Pagès, dont les nobles paroles ont eu tant de retentissement.

Imprimerie Lange Levy et comp., rue du Croissant, 16.

www.ingramcontent.com/pod-product-compliance
Ingram Content Group UK Ltd.
Pitfield, Milton Keynes, MK11 3LW, UK
UKHW021644130726
13696UKWH00005B/2397